Vente des Lundi 7 et Mardi 8 Décembre 1874.

SALLE N° 8.

TABLEAUX

MODERNES

ÉTOFFES ANCIENNES, TAPIS D'ORIENT

BOIS SCULPTÉS

Exposition publique :

Le Dimanche 6 Décembre 1874.

COMMISSAIRE-PRISEUR :

Mᵉ CHARLES PILLET, 10, rue de la Grange-Batelière.

EXPERTS :

Pour les Tableaux :	*Pour les Objets d'Art :*
M. FRÉDÉRIC REITLINGER	M. CHARLES MANNHEIM
1, rue Navarin.	7, rue Saint-Georges.

CATALOGUE

DE

TABLEAUX

MODERNES

PAR

BAKALOWICZ, BIDA, BONNINGTON, COROT, DAUBIGNY, EUG. DELACROIX,

J. DUPRÉ, FAUVELET, GÉRICAULT, MILLET, PLASSAN, TH. ROUSSEAU, ROYBET,

VOILLEMOT, VOLLON, ZIEM, ETC.

ÉTOFFES ANCIENNES
VELOURS DE GÊNES — BEAUX TAPIS D'ORIENT

Panneaux, Colonnes, Cariatides en bois sculpté
des XVIe et XVIIe siècles.

DONT LA VENTE AURA LIEU

HOTEL DROUOT, SALLE N° 8

Les Lundi 7 et Mardi 8 Décembre 1874,

A DEUX HEURES ET DEMIE.

Par le Ministère de Me **CHARLES PILLET**, Commissaire-Priseur,
10, rue de la Grange-Batelière,

Assisté pour les Tableaux : de **M. FRÉDÉRIC REITLINGER**, Expert, 1, rue Navarin,

Et pour les Objets d'Art : de **M. CHARLES MANNHEIM**, Expert.
7, rue Saint-Georges.
Chez lesquels se trouve le présent Catalogue.

EXPOSITION PUBLIQUE : LE DIMANCHE 6 DÉCEMBRE 1874,
DE UNE HEURE A CINQ HEURES.

CONDITIONS DE LA VENTE

Elle sera faite au comptant.

Les acquéreurs payeront, en sus des adjudications, *cinq pour cent* applicables aux frais.

L'exposition mettant le public à même de se rendre compte de l'état des objets, il ne sera admis aucune réclamation une fois l'adjudication prononcée.

ORDRE DES VACATIONS

LE LUNDI 7 DÉCEMBRE 1874, A DEUX HEURES ET DEMIE.

Tableaux modernes........................   1 à   45

LE MARDI 8 DÉCEMBRE 1874, A DEUX HEURES.

Étoffes anciennes............................   46 à   83
Tapis d'Orient..............................   84 à 116
Bois sculptés............................... 117 à 126

Paris. — Imp. Pillet fils aîné, rue des Grands-Augustins, 5.

DÉSIGNATION

TABLEAUX

BAKALOWICZ

1 — La Sortie.

Haut., 62 cent.; larg., 28 cent.

BERNIER

(CAMILLE)

2 — Paysage de la Bretagne, avec animaux.

Haut., 83 cent.; larg., 1 m., 20 cent.

BRILLOUIN

(G.)

3 — Un Paysagiste sous Louis XV.

Haut., 40 cent.; larg., 32 cent.

COROT

4 — Paysage; effet du matin.

Haut., 26 cent.; larg., 35 cent.

COROT

5 — Bords de l'Oise.

Haut., 33 cent.; larg., 41 cent.

DAUBIGNY

6 — Paysage; effet du soir.

Haut., 24 cent.; larg., 40 cent.

DAUBIGNY

7 — Bords de l'Oise.

Haut. 41 cent.; larg., 82 cent.

DAUNAS

8 — Souvenirs !

Haut., 40 cent.; larg., 33 cent.

DUPRÉ

(J.)

9 — Marine.

Haut., 28 cent.; larg., 28 cent.

FAUVELET

10 — Le Fumeur.

Haut., 19 cent.; larg., 14 cent.

GÉRICAULT

11 — Ce tableau porte au dos l'inscription suivante :

Étude d'après nature pour le tableau qu'il devait exécuter de la retraite de Russie, et interrompu par sa mort.

A appartenu à M. Mosselmann.

Haut., 32 cent.; larg., 21 cent.

LANDELLE

12 — Femme fellah.

Haut., 1 m., 70 cent.; larg., 85 cent.

LANDELLE

13 — Tête de femme.

Haut., 62 cent.; larg., 50 cent.

MERLE

(HUGUES)

14 — La Balançoire.

Haut., 23 cent.; larg. 18 cent.

PLASSAN

15 — Lecture.

Haut., 21 cent.; larg., 16 cent.

RIBOT

16 — Cuisiniers.

Haut., 90 cent.; larg., 71 cent.

RICHET
(L.)

17 — Paysage. Environs de Fontainebleau.

Haut., 29 cent.; larg., 40 cent.

RICHET
(L.)

18 — Paysage. Environs de Fontainebleau.

Haut., 38 cent.; larg., 46 cent.

ROUSSEAU
(TH.)

19 — Étude de Fontainebleau.

Haut., 25 cent.; larg., 20 cent.

ROYBET

20 — Artistes vénitiens.

Haut., 46 cent.; larg., 45 cent.

VERNIER
(E.)

21 — Marée basse à Yport.

Haut., 90 cent.; larg., 1 m., 50 cent.

VERNIER

(E.)

22 — Vieux moulin à Cernay.

Haut., 59 cent.; larg., 70 cent.

VERNIER

(E.)

23 — Écluse à Cernay.

Haut., 70 cent.; larg. 92 cent.

MARCKE

(VAN)

24 — Animaux au bord de la mer.

Haut., 55 cent.; larg., 82 cent.

VOILLEMOT

25 — Italienne.

Haut., 46 cent.; larg., 33 cent

VOILLEMOT

26 — La Boîte aux lettres.

Haut., 41 cent.; larg., 28 cent.

VOLLON

27 — Tuilerie.

Haut., 27 cent.; larg., 35 cent.

WATELIN

28 — Paysage avec animaux.

Haut., 40 cent.; larg., 55 cent.

WATELIN

29 — La passerelle. Paysage.

Haut., 32 cent.; larg., 46 cent.

ZIEM

30 — Vue de Venise.

Haut., 81 cent.; larg. 1 m.. 15 cent.

DESSINS
ET AQUARELLES

BIDA

31 — Turc fumant.
    Dessin.

BONNINGTON

32 — Barques en pleine mer.
    Aquarelle.

CERMAK
(J.)

33 — La mort du coq.
    Aquarelle.

DE DREUX
(ALFRED)

34 — Promenade à cheval.
    Aquarelle.

DELACROIX
(EUGÈNE)

35 — Cavalier turc.

Sépia.

PENNE
(DE)

36 — Force et Vanité.

Aquarelle.

DUPRÉ
(J.)

37 — Forêt de Compiègne.

Dessin important à deux crayons.

GÉRICAULT

38 — Le Pansage.

. Aquarelle.

JACQUES
(CH.)

39 — Intérieur de ferme.

Aquarelle.

MILLET
(J. F.)

40 — Le Retour des champs.

Dessin à plusieurs couleurs.

ROUSSEAU
(TH.)

41 — Bords de l'Oise.

Dessin à deux crayons.

ROUSSEAU
(TH.)

42 — Forêt de Fontainebleau.

Dessin à la mine de plomb.

ZIEM

43 — Quai d'Orsay.

Aquarelle.

———

44 — Dessin signé Louis-Napoléon Bonaparte, et représentant un gendarme qui charge.

45 — Un lot de bordures.

DÉSIGNATION DES ÉTOFFES

46 — Très-grande et magnifique portière en velours de
Gênes, à riche dessin de fleurs et d'ornements rouges
et verts sur fond blanc.

> Haut., 3 m., 05 cent.; larg., 2 m., 30 cent.

47 — Cinq belles bandes de velours rouge à riche dessin
de la Renaissance, appliqué en soie jaune clair lamée
d'or.

> Larg., ensemble, 9 m., 48 cent.; haut., 75 cent. et 25 cent.

48 — Onze morceaux de velours rouge à dessin appliqué
en soie jaune et soutache rouge et jaune. xvie siècle.

49 — Couvre-lit en soie jaune, garni de bandes analogues
à l'étoffe qui précède, et à écusson armorié au centre.

50 — Velours grenat uni.

> Long. en plusieurs coupes : 24 mètres.

51 — Bande de velours rouge à dessin brodé en argent.

> Long., 2 m., 80 cent.; larg., 25 cent.

52 — Cinq jolis médaillons ovales à figures de saints
personnages, brodés en soies de couleurs et or. xvie s.

53 — Petite bande d'étoffe veloutée à dessin vert sur fond
d'or.

54 — Sept mètres : très-belle frange à grille en soie groseille.

55 — Lot de franges anciennes en soie groseille.

56 — Deux petits panneaux et un lambrequin de tapisse-
rie au point, à décor de fleurs et d'ornements. Époque
Louis XIII.

57 — Deux beaux rideaux en velours de Gênes, à dessins
grenat sur fond jaune d'or.

Haut.. 2 m.. 90 cent.; larg., 60 cent.

58 — Grand panneau analogue à l'étoffe qui précède.

Haut., 1 m., 95 cent.; larg., 1 m.. 79 cent.

59 — Velours rouge à parterre, à dessin d'ornements.

Long., 5 mètres.

60 — Velours rouge à parterre à large dessin, trois coupes
mesurant ensemble :

Long., 1 m., 75 cent.

61 — Beau morceau de velours de Gênes ponceau à large
dessin.

Long., 1 m., 55 cent.

62 — Petit coupon de velours rouge à parterre, dessin à
rosaces, en deux lés.

Long., 1 m., 55 cent.

63 — Velours rouge à parterre, à dessin analogue.

Long., 1 m., 30 cent.

64 — Coupon de velours violet sur fond lamé d'or.

Long., 98 cent.; larg., 92 cent.

65 — Coupon de velours analogue à celui qui précède, à
dessin vert.

Long., 1 m. 08 cent.; larg., 1 m. 18 cent.

66 — Deux jolis petits tapis veloutés à fleurs et ornements
sur fond blanc.

67 — Dix petits morceaux de bandes de velours de Gênes,
à dessin vert clair sur fond jaune.

68 — Grand couvre-lit en soie bleue et fleurs brodées en
soies de couleurs et or.

69 — Trois petits morceaux de velours de Gênes à feuil-
lages sur fond blanc.

70 — Damas de soie rouge à large dessin.

Haut., 2 m. 25 cent.; larg., 1 m. 60 cent.

71 — Grande et très-belle portière en damas de soie vert, à dessin de fleurs et ornements ton sur ton.

72 — Aumonière en velours grenat brodé en fin.

Haut. 3 m. 35 cent.; larg., 1 m. 30 cent.

73 — Trois longues bandes pour garnitures de lit en velours de Gênes à dessin rouge ton sur ton, et galons au bord.

74 — Double jupe en soie blanche brochée à fleurs et à bandes bleues. Époque Louis XV.

75 — Robe en soie bouton d'or, à fleurs brochées ton sur ton.

76 — Coupon de brocatelle de soie, à fleurs de couleurs brochées sur fond bouton d'or.

Haut., 1 m. 60 cent.; larg., 1 m. 50 cent.

77 — Six coupes d'étoffes de soie à fleurs brochées sur fond jaune d'ocre.

78 — Jupe de robe Louis XV, à fleurs brochées sur fond violet chatoyant.

79 — Morceau de gros de Tours, à fond vert et à fleurs en camaïeu rouge et bandes blanches.

80 — Chasuble en velours vert de Gênes, à rosaces sur fond jaune d'or.

81 — Chasuble analogue à celle qui précède, à dessin à rosaces.

82 — Chasuble en étoffe de soie à fleurs bleues sur fond blanc et à bandes violettes brochées de fleurs de couleurs.

83 — Chasuble analogue à celle qui précède.

TAPIS D'ORIENT

84-107 Vingt-quatre beaux tapis anciens, persans et autres, à riches dessins variés. Ils seront vendus séparément.

108-109 — Deux grands et beaux tapis d'Orient, à dessins bleu et vert sur fond jaune et à bordure à fond bleu.

110-112 — Trois petits tapis ou coussins à dessins veloutés variés de nuances. Ce lot sera divisé.

113-116 — Quatre tapis de prière en drap brodé, variés de nuances et rehaussés d'argent. Ils seront vendus séparément.

BOIS SCULPTÉS

117-126 — Fort lot de panneaux, colonnes, cariatides, montants ornés, etc., en bois sculpté, des xvie et xviie siècles. Ce lot sera divisé.

127 — Petit lustre flamand en cuivre poli, à douze lumières et à fleurons.

9 782329 461960